Un fuego en el bosque

Escrito por Pam Holden
Ilustrado por Samer Hatam
Adaptación de Annette Torres Elías

1

¡Había un fuego en el bosque!

Se estaba quemando rápido.

Las mariposas se fueron.
Estaban volando rápido.

Los pájaros se fueron.
Estaban volando más rápido.

Los saltamontes se fueron.
Estaban brincando rápido.

Las ranas se fueron.
Estaban brincando más rápido.

Los caracoles se fueron.
Estaban arrastrándose rápido.

Las serpientes se fueron.
Estaban arrastrándose más rápido.

Los conejos se fueron.
Estaban saltando rápido.

Los canguros se fueron.
Estaban saltando más rápido.

Las tortugas se fueron.
Estaban andando rápido.

Las lagartijas se fueron.
Estaban andando más rápido.

Los bomberos llegaron.

Estaban manejando rápido.

El fuego se apagó.
¡SSSsssssss!